AF399210

Joie Inconnue

Mme. Emile De Girardin

Copyright pour le texte et la couverture © 2023 Culturea
Edition : Culturea (culurea.fr), 34 Hérault
Contact : infos@culturea.fr
Impression : BOD, Norderstedt (Allemagne)
ISBN : 9791041834471
Date de publication : juillet 2023
Mise en page et maquettage : https://reedsy.com/
Cet ouvrage a été composé avec la police Bauer Bodoni
Tous droits réservés pour tous pays.

JOIE INCONNUE

Il est pour les femmes un moment de délire, que l'être le plus aimé ignore, et qui serait le plus beau secret de sa vie, s'il pouvait le deviner.

C'est l'heure de solitude qui suit une présence adorée; c'est l'instant où, rendue à ellemême par la suspension d'une félicité trop grande, l'âme s'épanouit et savoure avec enchantement une joie naguère trop puissante, presque pénible par son excès; c'est l'instant où la pensée timide s'élance, s'abandonne, se livre, où la passion s'exprime, où l'extase retrouve la voix.

Alors la vie s'illumine, notre cœur s'enflamme de mille clartés, comme un temple pour un triomphe, il se pare de toutes ses gloires, il brille comme pour une fête: c'est un triomphe que d'être aimé, et dans les transports de sa reconnaissance, il élève vers l'objet de son culte un Te Deum d'actions de grâces, un hymne de bonheur et d'amour.

Rester seule avec cette enivrante pensée: Il m'aime!... Ce moment est peutêtre le plus doux moment pour une femme, chez qui la passion la plus vive est toujours voilée d'un nuage de timidité. C'est alors qu'elle aime, alors qu'elle ose aimer! Elle est seule, sans témoin, car celui qu'on chérit le plus est encore un témoin.

En sa présence, l'âme est longtemps gênée; son aspect nous jette dans un si grand trouble, sa voix nous fait tressaillir, son regard nous éblouit, sa pensée nous absorbe; une émotion si violente est presque un tourment. Nous sommes alors la proie de notre bonheur, nous ne songeons pas à le savourer.

Mais sitôt qu'un adieu passager nous délivre, notre âme magnétisée respire, elle s'exhale, elle retrouve sa volonté, elle se comprend, elle sait qu'elle aime; elle ne subit plus son amour, elle l'accepte, pour ainsi dire. Alors elle ose rappeler le maître qui vient de la quitter, elle ose l'évoquer, elle le ramène par la pensée, elle le retient, elle lui parle, elle lui confie toute sa folie, elle lui raconte son bonheur; comme il n'est plus là que par un rêve, elle n'a plus peur de lui, elle peut être franche, elle lui dit tout. Seule, elle a plus d'amour qu'en sa présence; seule, elle est plus à lui que sur son cœur.

Et Malvina se croyait seule.

Quand il avait fallu se quitter, tremblante et d'un pas discret, elle avait conduit Tancrède dans une espèce d'antichambre où il devait passer le reste de la nuit.

Tancrède y était resté quelques instants. Maisil y a toujours des hasards comiques dans les plus romanesques aventures.Il arriva qu'un chien, un malheureux chien, qui habitait une chambre voisine, sentit notre héros et s'alarma; il se prit à aboyer sous prétexte qu'il était de bonne garde; il aboya si fort, si obstinément, si fidèlement, que Tancrède comprit qu'il ne pouvait séjourner plus longtemps dans cet endroit, sans attirer l'attention de toute la maison; car le don d'invisibilité ne protége pas contre la divination nasale du chien.

Tancrède revint sur ses pas. Madame Thélissier n'avait pas encore refermé les portes de l'appartement; la bougie qu'elle portait s'était éteinte, et cela l'avait retardée. Tancrède voulut d'abord lui parler, lui expliquer son danger, mais il changea d'idée. Pourquoi l'inquiéter? pensatil; et il rentra invisible dans la chambre de Malvina.

Et Malvina se croyait seule et il était là!

Comme elle était émue!à peine pouvaitelle se soutenir.

Elle s'appuya sur une table, puis elle passa sa main sur son front pour recueillir ses idées; elle croyait rêver;mais quand elle eut jeté les yeux autour d'elle, qu'elle eut regardé la place où il était, encore parée de sa présence, elle comprit la vérité, elle comprit qu'elle aimait, qu'elle venait de donner sa via par amour.

Alors elle pensa à lui, rien qu'à luielle ne pense pas à ses enfants qu'elle adore, à son mari qu'elle respecte et qu'elle a trahi, à sa mère qui fut toujours irréprochable et qui la maudirait... elle ne sait plus rien de sa vie passée; elle a oublié sa naissance, son nom, sa jeunesseson existence ne date que d'une heure; elle ne pourrait pas dire qui elle est, elle a tout oublié, vous disje, et c'est son excuse.

Elle aime!... ce mot puissant remplit tout son cœur. Demain, elle se ressouviendra, demain elle retrouvera des remords et des larmes; ce soir elle est aimée, et toute sa pensée est amour!

Hélas! rien ne l'avait préparée à l'amour; il l'a frappée comme la foudre, sans qu'elle pût songer à l'éviter. Une si violente passion dans un cœur si jeune est terrible; Malvina est trop faible pour avoir l'idée de combattre, trop franche pour n'être pas heureuse; mais cette joie est mortelle, elle l'enivre, elle l'égare; pauvre femme! dans sa joie elle fait pitié.

Oui, mais à lui elle doit plaire; pour lui elle est séduisante, ainsi!

Quel délire! quelle fièvre! elle parle, il l'écoute.

Que je l'aime! ditelle d'une voix étouffée, qu'il est charmant! qu'il est beau! oh! mon Dieu! comme je l'aime!

Elle est folle... mais il la trouve sublime dans sa démence, lui!Il la contemple, il l'adore.

Tout à coup il la voit sourire; puis, gracieuse comme une enfant, rassembler dans ses mains ses longs et noirs cheveux; elle les regarde, elle se rappelle comme il les a baisés; et folle, elle les baise et les admire. Elle admire ses bras, ses belles et blanches mains; elle se souvient de ce qu'il a dit en les caressant; elle se répète ces paroles si tendres, ces voluptueuses flatteries qui l'enivraient; elle se réjouit d'être belle, elle s'enorgueillit d'ellemême, elle s'aime comme un souvenir.

Une pensée la fait rougir, une autre l'attendrit, elle pleure; puis la joie plus vive revient. Elle l'appelle, lui qu'elle aime, elle dit son nom avec ivresse, elle lui révèle toute sa passion; et pâle, tremblante, vaincue par une émotion si nouvelle, elle tombe à genoux, épuisée, fondant en larmes et souriant d'amour.

Et lui est là... immobile... enivré; il est là qui la regarde aimer!

Longtemps il a respecté son délire, pour mieux surprendre tant d'amour: mais bientôt cet amour l'entraîne; Malvina est si belle à genoux!Son courage l'abandonne; il va s'élancer auprès d'elle, la soutenir dans ses bras, la serrer sur son cœur...Adieu ses serments! adieu le mystère de la canne merveilleuse!Monsieur de Balzac, vous serez trahi; Malvina va savoir par quel prodige Tancrède l'a suivie, votre secret sera dévoilé... Monsieur de Balzac, tremblez donc!...mais non, vous êtes l'auteur de la Physiologie du Mariage, et vous conserverez tous vos droits.

Comme Tancrède, emporté par sa tendresse, allait révéler sa présence, des pas traînants se firent entendre dans le corridor.

Malvina se lève... elle écoute; la clef tourne dans la serrure; la porte de sa chambre s'ouvre... M. Thélissier, vêtu d'une robe de chambre à ramages, coiffé d'un bonnet de soie noire et tenant une veilleuse à la main, entre dans l'appartement de sa femme.

Tancrède, quoique invisible, recule épouvanté.Malvina frémit: mais ce n'est pas le remords qui l'agite; le remords, c'est déjà la raison, c'est de la force; un remords, c'est déjà une distraction dans l'amour, et l'amour dans son cœur est encore toutpuissant; l'heure des remords n'est pas encore venue; l'aspect de son époux ne lui en donne même pas. Ce n'est point de la honte qu'elle éprouve à sa vue, c'est de la haine. Elle n'a pas peur de sa colère, elle a horreur de sa tendresse, elle ne songe qu'à l'éviter. Elle s'indigne, toute son âme se révolte contre lui; elle ne lui appartient plus, elle est libre, elle s'est affranchie par la trahison.Ô misère! ses devoirs ont changé de maître; sa fidélité est à celui qu'elle aime; l'homme qu'elle n'aime pas est son ennemi.

M. Thélissier était loin de deviner ce qui se passait dans l'âme de sa femme; il la croyait incapable d'éprouver la moindre passion. Il avait épousé Malvina si jeune qu'il la traitait toujours comme une enfant. Les gens qui nous ont vus naître ne nous connaissent jamais; ils ne veulent pas comprendre que l'on grandisse, ils nous regardent toujours avec leurs préventions; et, dans leur étonnement stupide, ils appellent «étrange changement de caractère» les développements naturels que l'âge amène dans nos idées, dans nos défauts et dans nos sentiments.On ne peut pas imaginer qu'une femme qu'on a vue jouer à la poupée à l'âge de six ans, puisse mourir d'un chagrin d'amour à vingtcinq ans, et pourtant cela s'est vu.

M. Thélissier, d'ailleurs ne comprenait rien aux délicatesses, disons mieux, aux corruptions du cœur; c'était ce qu'on appelle un bon mari, facile à vivre, généreux; mais professant sur les femmes les idées les moins romanesques, regardant une épouse enfin comme une servante légitime, faite pour élever les enfants et tenir le ménage, mais indigne d'occuper sérieusement les pensées d'un galant homme; ce qui ne l'empêchait pas toutefois de trouver Malvina fort jolie.

Te voilà levée aussi, Mina? ditil en voyant sa femme près de la cheminée; ce maudit chien t'a réveillée comme moi?

Je suis malade, repritelle d'une voix tremblante.

Malade, mon enfant! qu'as tu donc? veuxtu que j'aille chercher Villermay?

J'ai une fièvre horrible, laissezmoi.

Tu fais la méchante, ce soir.

En disant ces mots, M. Thélissier posait sa veilleuse sur une table et se préparait à aller fermer la porte qu'il avait laissée ouverte.

Ne fermez pas cette porte, ditelle, j'ai besoin d'air, j'étouffe.

Tancrède était au supplice, il voulut s'en aller; mais une curiosité cruelle le retint.

Je suis trèssouffrante, dit Malvina avec impatience, voyant que son mari s'établissait dans sa chambre avec l'intention d'y rester.

J'ai besoin de me soigner, allez, laissezmoi?

Personne ne te soignera mieux que moi, Minette; mais tu n'as pas l'air malade du tout, tu es rose, et si...

J'ai la tête en feu, je souffre horriblement.

Il faut te recoucher; relève tes cheveux et remetsloi au lit.

Je ne veux pas, vous disje; je me levais quand vous êtes venu.

Mais, qu'astu donc? je ne te reconnais plus: tu me dis «vous,» comme à un monsieur! allons, ne fais pas la capricieuse, viens m'embrasser.

Malvina tressaillit; un froid mortel courut dans ses veines.

Tu me boudes, reprit M. Thélissier, eh bien, je ne suis pas fier, j'irai moimême.

M. Thélissier, à ces mots, s'avança vers sa femme; elle voulut s'éloigner, il la retint.

Voyons, ditil en passant sa main sur le front de Malvina, voyons si cette petite tête est bien brûlante?

Et puis il lui donna, sur le front, un affreux baiser...

Ce baiser retentit au cœur de Tancrède comme un coup de fusil; il s'élança vers la porte et s'enfuit.

ô désenchantement!

Ce baiser avait réveillé Malvina de sa stupeur; un si grand danger la rendit perfide, elle se radoucit tout à coup, et d'un ton presque gracieux: Je t'en prie, ditelle, laissemoi, va, je t'appellerai si je suis plus souffrante; mais va, si je peux dormir, demain je serai mieux.

Le bon M. Thélissier céda aux instances de sa femme; il avait un peu froid, et il ne fut pas fâché d'aller se recoucher.

Malvina, seule, pleura tout le reste de la nuit, la pauvre femme! elle pleure encore... car l'ingrat Tancrède n'est jamais revenu.

Le coup qu'il avait reçu était si fort, qu'il avait tué son amour. Malvina lui apparaissait toujours dans les bras de son mari; il ne pouvait se délivrer de cette image; de tous ses souvenirs, celuilà seul était resté. Quelquefois il se disait:

D'où vient donc ce dégoût?... Je le savais bien, pourtant... oui, mais je ne l'avais pas vu. Ô maudite canne! s'écriaitil dans sa fureur, estce là le bonheur que je devais attendre de toi? c'était bien la peine de me faire invisible pour... Malheureux! je l'aimais tant! je l'aimerais encore sans ce don fatal. Quelle leçon!

Pourquoi s'étonnaitil? c'est la vie.Entrevoir ce qui charmait notre âme et nos yeux sous un jour défavorable, n'estce pas ce qu'on appelle

connaître?

Découvrir qu'on avait tort d'aimer, de croire et d'espérer, n'estce pas ce qu'on appelle

savoir?

Et il y a des gens qui se donnent beaucoup de peine pour en arriver là! Si l'on faisait une nouvelle mythologie, nous exigerions que l'Amour fût, non pas fils de la beauté, mais de l'ignorance... Et que disje? c'est la morale des malheurs de Psyché, tant punie pour avoir voulu savoir qui elle aimait.

Tancrède prit dès ce jour une résolution terrible.

Je n'aimerai plus que des veuves ou des jeunes filles, se ditil, c'est la femme libre qu'il me faut.

Et comme un apôtre de M. de SaintSimon, il se mit à la recherche de la femme libre.

I

Un soir qu'il ne pleuvait pas, Tancrède errait dans les rues de Paris, ne sachant à quel théâtre se vouer.

Au Vaudeville, on donnait:

la croix d'or.

Aux Variétés, on jouait:

la croix d'or.

Au théâtre du PalaisRoyal, on représentait:

la croix d'or.

Toujours la croix d'or! Laquelle choisir? L'embarras était grand.

Si chacun de ces théâtres avait donné une pièce différente, Tancrède aurait pu se décider; mais le même sujet partout! il aurait fallu être un vieux coureur de spectacles pour savoir au juste celui qu'on devait préférer.

Tancrède cheminant sur le boulevard, aperçut, au coin de la rue Taitbout, une espèce de file de voitures.

Estce qu'il y a un théâtre par là? se ditil, et machinalement il dirigea ses pas du côté que suivait la file.

Les voitures avaient toutes des armes peintes sur leurs panneaux; les chevaux étaient mélancoliques, les cochers misérables; mais, en revanche, les valets de pied étaient bien tenus et sentaient la bonne maison.

De temps en temps des femmes vieilles ou jeunes montraient un turban, un bonnet, et c'était plaisir que de voir leur mauvaise humeur.

Tout à coup la glace d'une des voitures s'abaisse, un jeune homme passe sa tête blonde:

Qu'estce donc? ditil, pourquoi n'avançonsnous pas?

Monsieur, c'est la file.

Comment, nous sommes à la file? ah! c'est charmant, s'écriatil; madame de D qui m'écrit: «Venez, nous serons entre nous; je n'ai invité personne, c'est une petite soirée sans façon.» Et puis, voilà qu'elle a rassemblé tout Paris!

Elle ne pouvait faire autrement, dit une autre voix qui sortait du fond de la même voiture: tout le monde voulait entendre les vers de Lamartine, et madame de D se serait brouillée avec tous ses amis.

Ah! pensa Tancrède, il paraît que ces messieurs vont à une soirée littéraire. Eh! mais, moi aussi, je serais curieux d'entendre des vers de Lamartine. Pourquoi ne me donneraisje pas aussi ce plaisirlà? La canne me doit une réparationet Tancrède fit passer la canne dans sa main gauche.

La voiture des deux jeunes gens s'arrêta devant la porte d'un joli petit hôtel de la rue SaintGeorges, et les deux superbes dandys entrèrent dans l'antichambre, sans se douter qu'ils étaient trois.

Ils quittèrent leurs manteaux; Tancrède, étourdiment, allait faire comme eux; mais heureusement il se rappela que ce soin était inutile; il garda sa grosse redingote de voyage, et remit sur sa tête son chapeau, que, par une routine de politesse, il avait ôté en entrant.

Les deux battants de la porte du salon s'ouvrirent, et Tancrède passa bien vite le premier pendant qu'on annonçait les nouveaux venus, occupés à rétablir un aimable désordre dans les boucles de leurs cheveux.

Tancrède commençait à s'accoutumer à être invisible: cependant ce jourlà, pour luimême, il se sentait gêné de se trouver ainsi mal vêtu, avec des bottes crottées, une redingote du matin, dans un salon fleuri, doré, parfumé et paré des femmes les plus élégantes de Paris. Une grande crainte s'empara de lui:

Si par mégarde, pensatil, j'allais prendre ma canne de la main droite, si l'on allait me voir, que deviendraisje?

Il en frémit; il éprouva tant de honte qu'il se hâta de passer dans un autre salon, moins riche, moins éclairé que le précédent, et qui était plus en harmonie avec son costume et ses pensées. Tancrède était timide et embarrassé de lui, comme si on l'avait pu voir.

Il ne fut pas encore à son aise dans ce second salon; il y avait trop de monde, il se réfugia dans un troisième beaucoup plus petit, où il n'y avait personne, et alla s'établir devant une table couverte de livres, de journaux, d'albums, pour se donner une contenance.Comment trouvezvous cela? un homme invisible qui sent le besoin de se donner une contenance? Cela prouve que le monde agit toujours sur nous, alors même que nous sommes le plus indépendants de lui.Cela nous prouve aussi que chacun de nos avantages est une science, et qu'il faut encore de l'étude pour en tirer parti. Un sourdmuet guéri ne sait point parler, il faut qu'il apprenne à prononcer les mots pendant des années. Un homme enrichi ne sait pas dépenser; de même, un homme invisible a besoin d'expérience et d'étude pour comprendre qu'on ne le voit pas, et tourner à son profit cet incalculable avantage, sinon, ce ne sera pour lui qu'un embarras de plus.

Tancrède s'amusa donc à regarder les albums, sans songer que ce n'était pas pour cela qu'il était venu en fraude dans ce salon. Tous les grands noms de la peinture légère rayonnaient parmi ces dessins. Il y avait des fleurs de Redouté, des chevaux de Carle Vernet, des Bédouins d'Horace, de charmantes aquarelles de Cicéri, ces petits paysages qui ont tant d'espace, qui font voir si loin et rêver si longtemps... de ravissantes Espagnoles de Géniole, des caricatures de Grandville et d'Henri Monnier, de beaux brigands de Schnetz, tous chefsd'œuvre au petitpied.

En jouant avec les divers papiers qui étaient sur la table, Tancrède aperçut une lettre entr'ouverte dont la signature le fit tressaillir:

Chateaubriand!

Cette lettre, par laquelle M. de Chateaubriand s'excusait de ne pouvoir venir à cette soirée, avait été certainement oubliée là exprès, et laissée sur la table avec intention. La maîtresse de la maison comptait évidemment sur les indiscrets.

Tancrède réalisa ses vues et lut avec curiosité la lettre suivante:

«Je n'ai jamais été si tenté de ma vie. Conjurer d'une manière si aimable une vieille bête comme moi! j'ai besoin de mes quarante ans de vertu pour résister à cette double attaque de votre beauté et de votre esprit; encore Dieu sait comme je m'en tire! Hélas! je ne sors point, je ne sors plus, je ne vis plus. Si je dure jusqu'à l'hiver prochain, je compte déposer mes trois cheveux gris sur l'autel des Parques, afin qu'elles ne se donnent pas la peine de les couper, et je prendrai mon rang parmi les plus anciennes perruques de votre connaissance. Que votre jeunesse ait pitié de mes catarrhes, rhumes, rhumatismes, gouttes et autres. En me privant du bonheur de vous voir et de vous entendre, je suis plus malheureux que coupable.

»chateaubriand.»

Cette gaieté, cette coquetterie, cette prétention à la vieillesse dans un homme encore si jeune, cette plaisanterie encore poétique dite par un génie si imposant, avaient quelque chose d'original qui charma Tancrède. Quoi de plus séduisant que la grâce unie à la force? Connaissezvous rien de plus joli qu'un soldat jouant avec un enfant?

Tancrède trouva ce billet si gracieux qu'il s'amusa à le copier au crayon.

C'était une infidélité, c'était un crime; mais à quoi bon être invisible si ce n'est pour être indiscret.

Comme M. Dorimont était occupé à l'exécution de son crime, plusieurs personnes entrèrent dans le salon.

À qui ce chapeau? dit une jeune fille rieuse.

Tancrède retourna la tête vivement, et il aperçut alors son chapeau sur une chaise à côté de lui. Il voulut le reprendre, mais l'attention était fixée sur ce malheureux chapeau. Il n'osa le faire disparaître en le remettant sur sa tête, car le chapeau était invisible lorsque Tancrède le portait; mais, loin de lui, le chapeau cessait de participer au merveilleux; chacun alors pouvait l'admirer.

À qui le chapeau! cria un jeune étranger.

À personne, il n'y a personne ici.

C'est l'accordeur de piano qui l'aura laissé ici ce matin, dit quelqu'un en riant.

C'est le chapeau du coiffeur de madame de D; cachezle donc, monsieur de Bonnard.

Et soudain un élégant coup de pied fit tomber le chapeau sous la table.

Il est sauvé! pensa Tancrède.

Une rumeur se fit entendre dans le salon.

Voilà M. de Lamartine! s'écria quelqu'un.

Non, reprit une autre personne; Lamartine est allé ce soir chez son président. M. de l'a vu chez Dupin; il viendra tout à l'heure.

Qu'estce qui arrive?

C'est la duchesse de .

La belle duchesse de ? je ne la connais pas. Allons la voir.

Chacun retourna dans le grand salon.

Puisque Lamartine n'est pas arrivé, pensa Tancrède, je puis encore rester ici.

Et il se remit au pillage.

Un second billet se trouvait sur la table: il était signé...Bérangerlequel? Il y a plusieurs Béranger.

Le mot prison, qui se trouvait dans les premières lignes de la lettre, ne laissait plus de doute. On voyait clairement que ce n'était pas le pair de France ni le conseiller à la cour de cassation qui l'avaient écrite.

Ce billet était aussi un billet d'excuses.

«Hélas! non, madame, ce n'est pas de la coquetterie que vous faites avec moi, c'est de la bonté; vous m'avez fait autrefois passer de douces consolations à travers les barreaux de ma prison ou de mon cachot, comme nous disons, nous autres poëtes. Aujourd'hui, vous prenez pitié d'un pauvre reclus volontaire, et vous voulez le rattacher à ce monde qui doit vous paraître si plein de bonheur, car il vous est reconnaissant. Malheureusement, madame, le reclus est souffrant, et son médecin lui défend le monde et ses émotions.

»Daignez agréer mes excuses, et me plaindre un peu de la privation qui m'est imposée.»

Il y avait dans ce billet un ton de mélancolie qui fit rêver Tancrède. Il sourit d'un rapprochement dont il eut l'idée.

C'est un singulier hasard, pensatil, qui me fait trouver une lettre si gaie du poëte d'Atala, et un billet si gracieusement triste du chantre de Lisette.

Et puis il réfléchit, et, se rappelant la fameuse brochure de M. de Chateaubriand, publiée en 1831, et la belle chanson de Béranger: Dismoi, soldat, dismoi t'en souvienstu? il se répondit que les génies bien organisés savent réunir les deux genres: la profondeur dans le sentiment et la légèreté dans l'esprit.

Tout en réfléchissant ainsi, il copiait la lettre de Béranger. Il terminait à peine cette copie, une grande agitation se manifesta dans les salons de madame de D.

M. de Lamartine, arrivé depuis longtemps, avait consenti à dire quelques vers.

Tancrède se précipita dans le salon pour l'entendre.

Tancrède n'avait jamais vu M. de Lamartine; il le reconnut entre tous: c'est ainsi qu'il l'avait rêvé.

M. de Lamartine lut cet admirable chant de Jocelyn, ou plutôt la scène de la confession de l'évêque dans la prison de Grenoble; car tout ce chant est une scène de drame et serait d'un effet superbe au théâtre. La voix de M. de Lamartine est pure et sonore; il dit les vers d'une manière tréssimple, mais avec inspiration et dignité, avec cette émotion profonde et voilée, d'autant plus puissante qu'elle est combattue, cette émotion contrainte si communicative qui semble se réfugier dans l'auditoire, parce que le poëte la repousse.

Chacun était ravi, transporté; Tancrède, enivré d'admiration, avait oublié où il était, qui il était, et la canne de M. de Balzac, et toutes les merveilles imaginables; la nécessité d'être invisible était bien loin de sa pensée. Il criait avec tout le monde:

C'est sublime, c'est la plus belle poésie qui ait jamais existé, c'est une inspiration divine!

Et toute sorte de choses fort justes que nous sommes loin de contester; mais, en disant tout cela, il levait les bras, il gesticulait, il applaudissait, et la canne devenait ce qu'elle voulait.

Enfin, quand M. de Lamartine arriva à ces mots:

Un changement divin se fit dans tout mon être,
Quand je me relevai de terre j'étais prêtre...
Tancrède s'étant avancé pour mieux voir le poëte, que chacun allait remercier, s'aperçut que plusieurs personnes l'observaient luimême, et frémit.

Une femme d'un âge respectable demandait son nom d'un air scandalisé; le pauvre jeune étourdi se hâta de redevenir invisible, mais il fut longtemps avant de se remettre de son trouble.

Avoir été vu si mal vêtu dans un monde si élégant, être resté dans un salon toute une soirée en redingote du matin, avec son chapeau sur la tête, ô honte! c'était un homme déshonoré.

L'admiration rend indiscret, on se croit des droits sur ce qu'on apprécie. Après ces beaux vers, on en désira d'autres, on tourmenta longtemps M. de Lamartine.

Vous avez fait de nouveaux vers? demanda quelqu'un.

Oui, adressés à moi, dit un jeune poëte avec fierté.

Oh! ditesles, s'écriaton.

J'ai peur de ne pas me les rappeler....

Commencez toujours, vous les chercherez.

M. de Lamartine, qui était d'une complaisance extraordinaire ce soirlà, dit les vers suivants qu'il avait faits la veille:

À M. LÉON BRUYS D'OUILLY

Enfants de la même colline,
Abreuvés au même ruisseau,
Comme deux nids sur l'aubépine,
Près du mien Dieu mit ton berceau.

De nos toits voisins, les fumées
Se fondaient dans le même ciel;
Et de tes herbes parfumées
Mes abeilles volaient le miel.

Souvent je vis ta douce mère,
De mes prés foulant le chemin,
Te mener, comme un jeune frère,
À moi, tout petit, par la main.

Et te soulevant vers ma lyre,
Sur ses bras qui tremblaient un peu
Dans mes vers t'enseigner à lire:
Enfant qui joue avec le feu!

Et je pensais, par aventure,
En contemplant cet or mouvant
De ta soyeuse chevelure,
Où ses baisers pleuvaient souvent:

«Charmant visage, enfance heureuse!
Sans prévoyance et sans oubli,
Que jamais la gloire ne creuse,
Sur ce front blanc, le moindre pli.

»Que jamais son flambeau n'allume
D'un feu sombre ces yeux si beaux,
Ainsi qu'une torche qui fume
Et se réfléchit dans les eaux!

»Que jamais ses serres de proie
N'éclaircissent avant le temps
Ces cheveux où ma main se noie,
Feuillage épais de tes printemps!

»Que jamais cette main qui vibre,
Dans ma poitrine à tout moment,
N'arrache à ton cœur une fibre,
Comme une corde à l'instrument!

»Si quelque voix chante en son âme,
Que son écho mélodieux
Soit dans l'oreille d'une femme,
Et sa gloire dans deux beaux yeux!...»

Je partis: j'errai des années;
Quand je revins au vert vallon,
Chercher nos jeunesses fanées,
Je ne trouvai plus que ton nom.

Le feu qui m'avait fait poëte,
Jaloux de tes jours de repos,
S'était abattu sur ta tête
Comme un aiglon sur deux troupeaux.

L'astre naissant de ta carrière
Sur ton front venait ondoyer,
Dardant des reflets de lumière
Qui te présageaient son foyer.

Plein d'ivresse et d'inquiétude,
En écoutant grandir la voix,
Je repense à ta solitude,
À ton enfance au fond des bois.

Pleure ton fils, ô ma vallée!
Il saura ce que vaut trop tard
Une heure à ton ombre écoulée,
Un rêve qu'on berce à l'écart.

Le vol de la brise éphémère,
Au bruit de l'onde un pur sommeil,
Et ces voix de sœur et de mère,
Qui nous appelaient au réveil!...

II

UNE MUSE

Il y avait dans le salon de madame de D une jeune personne que Tancrède avait remarquée, d'abord parce qu'elle était fort jolie, ensuite parce que l'extrême simplicité de sa toilette faisait contraste avec le luxe élégant des femmes qui l'entouraient.

Cette jeune fille se nommait Clarisse Blandais; elle avait dixsept ans, elle avait quitté Limoges, sa patrie, et était venue à Paris pour être poëte, comme PetitJean était venu d'Amiens pour être suisse.

Sa mère, femme raisonnable et philosophe, s'était dit:

Par le temps qui court, le métier de poëte est un fort bon métier pour les femmes: madame Valmore et madame Tastu ont une célébrité qui ne nuit point à leur bonheur; elles trouvent dans leur talent de nobles jouissances et de pures consolations; mademoiselle G, qui faisait des vers comme ma fille, jouit dans le monde d'une position fort agréable. Mademoiselle Mercœur, qu'on plaignit beaucoup, recevait du gouvernement une pension de quinze cents francs, qui suffirait à ma fille et à moi... Je ne vois pas pourquoi Clarisse, qui est incontestablement poëte, ne trouverait pas les mêmes avantages: elle n'a point de fortune, je la marierai difficilement; tâchons de lui faire un sort par son talent.

Et la sage mère avait fait ses paquets, avait dit adieu aux rivages de la Vienne, avait retenu trois places dans le coupé de la diligence, et les messageries de Limoges avaient amené, dans la capitale, une muse de plus.

La soixantième, je crois.

Madame Blandais ne connaissait personne à Paris, et parfois elle se sentait effrayée de la hardiesse de son voyage, surtout lorsque ses compagnons de voiture lui faisaient d'indiscrètes questions; elle s'en tirait par des mensonges. Comment avouer qu'elle allait dans ce chaos pour se faire connaître, et chercher des admirateurs dans ce tourbillon d'inconnus où elle ne comptait pas un ami? Madame Blandais, pour tout introducteur dans ce monde nouveau, n'avait qu'une seule lettre de recommandation que le député de son arrondissement lui avait donnée pour un de ses collègues; mais ce collègue était... M. de Lamartine! C'était beaucoup. M. de Lamartine avait accueilli la jeune fille comme une espérance, elle lui avait confié quelques vers qu'il avait vantés; enfin madame de D, ancienne amie du grand poëte, s'était chargée de faire connaître, dans le monde littéraire, la Corinne du Limousin.

Clarisse était encore toute tremblante de l'attendrissement que lui avaient causé les vers de son protecteur, lorsque la maîtresse de la maison s'approcha d'elle et vint lui dire qu'on désirait l'entendre.

Après lui! dit Clarisse avec une douce indignation.

Vous me l'avez promis ce matin, reprit madame de D, ne vous faites pas prier.

Clarisse prit la main que lui tendait madame de D, et alla s'asseoir à la place qu'elle lui désignait.

Clarisse devint d'abord trèsrouge, parce que tout le monde la regardait; et puis elle devint trèspâle, parce qu'elle était émue, car ce qu'elle éprouvait était plutôt de l'émotion que de la timidité. La timidité déguise toujours une espèce de misère; une timidité invincible naît d'un défaut; on ne se cache jamais sincèrement que lorsqu'on n'a pas intérêt à être vu. Madame de Lavallière aurait peutêtre été madame de Montespan si elle n'avait pas été boiteuse. L'orgueil de la beauté est dans la nature: le cheval se pose dès qu'il sent qu'on l'admire; l'éléphant luimême n'est pas indifférent au succès, et je ne vois pas pourquoi nous ne conviendrions pas franchement de ce petit sentiment de vanité que nous avons de commun avec l'éléphant.

Clarisse tremblait, mais elle était brave; elle n'avait pas d'assurance, mais elle avait du courage, et puis la conscience de ce qu'elle valait, peutêtre.

Elle commença:

Pourquoi troubler mes jours dans leur plus belle année...

Attends donc, ma fille, dit une voix sortant d'un chapeau de province, couleur tourterelle, pavoisé de nœuds de rubans rouges et verts; dis donc le sujet, ces dames ne comprendront pas.

La mère n'a pas une haute idée de notre intelligence, dit une jeune femme.

Madame Blandais continua:

Voici le sujet: Il y avait, aux environs de Limoges, un homme trèsrespectable qui venait nous voir souvent à Chanteloube. Il était cousin du président, et il avait épousé en premières noces la nièce d'un procureur général; luimême enfin était directeur des contributions.

Hilarité mystérieuse.

Ma fille lui plut, il me la fit demander en mariage par le souspréfet, luimême; je fis part de cette proposition à ma fille; mais cette union disproportionnée l'effraya (le prétendant avait soixantequatre ans). La petite me demanda trois jours pour réfléchir, et au lieu de réfléchir, mademoiselle fit les vers qu'elle va avoir l'honneur de vous dire.

Cette femme parle fort bien en public, dit l'un de nos grands orateurs.

Je n'ai pas écouté, dit un autre; quel est le sujet?

Une jeune fille qui refuse en mariage un directeur des contributions.

C'est trèspoétique. Et pourquoi? Ce refus estil motivé?

Nous allons le savoir. Quelques défauts, quelques vices, quelques infirmités peutêtre?

Ah! l'horreur! s'écrièrent plusieurs femmes en riant.

Elle est fort jolie, la petite, dit un jeune homme; elle a des yeux charmants.

Chut! écoutez.

Elle est ravissante! pensait Tancrède.

La jeune fille, qui avait souri gracieusement pendant le discours de sa mère, reprit alors d'une voix trèsdouce:

Pourquoi troubler mes jours dans leur plus belle année,
Ma mère, en m'imposant un douloureux lien;
Union de hasard, d'avance profanée
Où le cœur n'est pour rien?

La fortune, à votre âge, est un bonheur peutêtre;
Mais au mien, ses faveurs sont des biens superflus:
Dans nos jeux innocents ses dons feraientils naître
Un sourire de plus?

Voulezvous donc cacher ma blonde chevelure
Sous des plis de velours, sous des bijoux pesants

Ma mère, vous voyez, cette blanche parure
Suffit à mes quinze ans.

Je ne vais pas au bal pour être regardée;
Des fêtes de l'orgueil mon cœur n'est point jaloux.
Je mettrais en pleurant une robe brodée,
Présent d'un vieil époux.

La raison, ditesvous, veut que l'on me marie;
Mais, si jeune, fautil m'immoler à sa loi?
Dieu me dit d'espérer.... Ah! pour l'âme qui prie,
La raison, c'est la foi!

Pourquoi me repousser de votre aile avant l'heure?
Mon front comme autrefois est timide et serein.
Je suis heureuse ici, ma mère; quand je pleure,
Ce n'est pas de chagrin.

Loin d'un monde agité mes jours bénis s'écoulent;
Sur un sort qui me plaît d'où vous vient tant d'effroi?
Vous dites qu'on se bat, que les trônes s'écroulent;
Je ne le sais pas, moi.

La douleur pour mon âme est encore un mystère;
Mes lèvres du banquet n'ont goûté que le miel:
Je ne vois que les fleurs et les fruits sur la terre,
Que l'azur dans le ciel.

J'ai placé ma demeure audessus de l'orage;
J'entends le vent gémir, mais je ne le sens pas.
Je n'ai que la fraîcheur du torrent qui ravage
Les plaines d'icibas.

La rose des glaciers, qu'un noir rocher protège,
Ainsi fleurit sans crainte à l'abri des autans,
Et dans ces champs maudits, dans ces déserts de neige,
Trouve seule un printemps.

Ainsi, dans ces vallons de misère profonde,
Dans ces champs d'égoïsme où rien ne peut germer,
Dans ce pays d'ingrats, dans ce désert du monde,

Je fleuris pour aimer.

Je ne sais quel instinct me fait chérir la vie,
Quel parfum d'avenir me présage un beau sort,
Me dit: Tu connaîtras la gloire sans envie,
Et l'amour sans remords.

Oui, je crois au bonheur, à ma brillante étoile;
Un ange protecteur me guide par la main,
Et j'irai jusqu'à Dieu sans déchirer mon voile
Aux ronces du chemin.

Comme on croit au printemps que l'hiver nous envoie,
Comme au sein de la nuit même on attend le jour,
Triste... je sens venir une indicible joie...
Seule... je vis d'amour!

Celui qui doit m'aimer, celui que j'aime existe;
Invisible pour vous, il enchante mes yeux,
Il m'apparaît charmant, à ma vie il assiste
Comme un esprit des cieux!

Et je rougis de crainte a sa seule pensée,
Et, comme en sa présence on me voit tressaillir.
Comme s'il était là, dans ma joie insensée,
J'ai peur de me trahir.

Ce rêve de mon cœur n'est pas une chimère;
Il viendra... loin de lui n'entraînez point mes pas,
Gardezmoi près de tous... Oh! laissemoi, ma mère,
L'attendre dans tes bras!

Ces vers causèrent tant de plaisir, qu'on en oublia la préface, qui d'abord avait fait rire.
Clarisse était charmante en les disant; son regard s'inspirait, toute sa personne
s'embellissait. Cette harmonie de la beauté, de la jeunesse et de la poésie était un
ensemble séduisant. Et puis, il y avait une conviction de bonheur dans toute son âme qui
détournait la critique. La malveillance se sentait impuissante contre ce jeune cœur, si
riche d'espérance, si bien armé en joie pour l'avenir.

Clarisse obtint le plus brillant succès. Elle sut plaire enfin.

Savezvous à qui elle ressemblait? Connaissezvous mademoiselle Antonia Lambert, cette jeune personne dont la voix est si belle, qui chante avec inspiration, comme on voudrait dire les vers?Eh bien! c'est elle qui peut seule donner l'idée de Clarisse. Comme elle, Clarisse était grande et svelte; elle avait les mêmes yeux bleus, les mêmes cheveux blonds, le même doux sourire, le même gracieux maintien, et dans les manières ce mélange de confiance et de modestie que donne l'union d'une extrême jeunesse et d'un grand talent.

Si tout le monde était ravi, que ne dut pas éprouver Tancrède, à qui ces vers semblaient s'adresser?

Celui qui doit m'aimer, celui que j'aime existe;
Invisible pour vous, il enchante mes yeux!...
Il y avait toute une destinée dans ce hasard.

Il passa le reste de la soirée à observer Clarisse, et cette observation était dangereuse. On ne pouvait la connaître sans l'aimer. Clarisse avait beaucoup d'esprit, de finesse et de naïveté; on s'étonnait de sa simplicité.

Elle n'est point pédante, disaiton.

Et pourquoi l'auraitelle été?

La pédanterie suppose un travail pénible; elle sert à faire remarquer un talent qui a coûté; un pédant est un homme qui a pâli sur une idée qui n'était même pas la sienne; il veut qu'on lui sache gré de la peine qu'il s'est donnée. Le savant se souvient toujours de la science, mais le poëte ne s'aperçoit pas de la poésie; il ne cherche pas ses idées, elles viennent d'ellesmêmes le trouver, et il les exprime pour se soulager. On fait des vers comme on aime; sans le savoir; sans le vouloir. Le poëte rime ses rêves pour épancher son âme, sans prétentions, sans demander qu'on l'admire, comme l'homme qui aime fait un aveu pour exprimer ce qu'il éprouve, et jamais il n'est venu à l'idée de celuici de dire: J'ai trèsbien dit je t'aime, aujourd'hui; je devais être bien séduisant!

Oui, le véritable poëte est simple comme la vérité, il ne peut avoir de pédanterie; le pédantisme vit de prétentions, et les prétentions sont incompatibles avec un talent involontaire. D'ailleurs les poëtes sont les grands seigneurs de l'intelligence; pourquoi veuton qu'ils aient, comme les pédants, des manières de parvenus?

III

L'ANTRE DE LA SIBYLLE

Madame Blandais et sa fille, voyant qu'il était déjà une heure du matin, se regardèrent avec anxiété.

Il faut songer à nous en aller, mon enfant, dit la mère.

Marguerite va nous croire mortes, dit Clarisse.

Et elles se dirigèrent vers la porte.

Un valet de chambre vint à elles.

Qui fautil appeler? demandatil.

Il s'imaginait qu'on allait lui répondre: Michel, Louis, Simon, un nom de domestique quelconque.

Je désirerais une voiture de place, dit madame Blandais avec satisfaction.

Car c'était pour elle un grand luxe que de s'en aller en voiture. Elle était bien aise de le faire valoir.

Tancrède, qui avait suivi Clarisse, entendant ces mots, s'effraya de l'idée que ces pauvres femmes allaient se trouver, à deux heures du matin, sans protecteur, exposées à toutes les intempéries d'un cocher de fiacre: guidé par un zèle déjà quelque peu tendre, il résolut de les escorter invisible jusqu'à leur demeure.

Je saurai leur adresse, pensatil; c'est toujours cela.

Le fiacre arriva.

Madame Blandais monta la première; quand ce fut le tour de Clarisse, Tancrède invisible, se plaçant entre elle et le cocher, l'aida à franchir le marchepied, et ce fut sur son bras qu'elle s'appuya. Il eut soin aussi de préserver la blanche parure du contact de la roue, et fut récompensé de ses soins en entendant la jeune fille dire ces mots en s'asseyant dans la voiture:

Comme ils sont polis, les cochers de fiacre!

La voiture partit. Tancrède la suivit d'abord des yeux, puis, l'ardeur des coursiers s'étant ralentie, il se mit à leur pas; et après un assez long voyage, arriva en même temps que le fiacre et la muse rue de la Bienfaisance, où elle demeurait.

Allons, pensa Tancrède, du courage! mieux vaut me désenchanter tout de suite.

Et il pénétra avec les deux femmes dans leur appartement.

Ah! vous voilà! mamzelle, cria une vieille servante. Ah! mon Dieu! que j'ai eu peur! Ah! mamzelle, laissezmoi que je vous embrasse!...

Qu'estce que tu as donc, Marguerite? qu'estce donc qui t'est arrivé?

Rien, madame, mais à vous? Comme j'étais inquiète! vous vous êtes donc perdues?

Non, Marguerite, dit Clarisse d'un air glorieux; c'est la soirée qui a fini tard.

C'était donc une noce?

Je te conterai cela. Dismoi, y atil encore du lait? j'ai faim.

Quoi! vous n'avez rien mangé... chez une comtesse?

Si vraiment, il y avait des friandises excellentes, dit madame Blandais; mais Clarisse a tout refusé. C'était superbe: le beau salon! il y faisait une chaleur!... Ce chapeau m'étouffait.

Madame Blandais commençait à se déshabiller.

Tancrède, par discrétion, sortit alors avec Marguerite qui allait chercher dans la petite cuisine ce qu'il y pouvait rester de provisions. Tancrède profita de ce temps pour observer ce ménage plus que modeste; et tout ce qu'il voyait, ce mélange de simplicité bourgeoise et de distinction naturelle, lui plaisait.

Marguerite eut affaire dans la chambre de Clarisse; elle allait y chercher deux cuillers d'argent, car la jeune muse était gardienne de toute l'argenterie de la maison, qui consistait en six couverts, une casserole et sa timbale de pension.

Tancrède alors s'amusa à étudier la petite chambre de Clarisse. Que vous diraije? il devint amoureux de cette chambre.

Un lit trèspetit, trèsjeune, si l'on peut dire ainsi, et voilé de rideaux blancs, était situé au fond de la chambre. Près du lit était un joli guéridon en laque; ce devait être un présent nouveau, sa richesse contrastait avec le reste du mobilier.

Auprès de la fenêtre était une espèce de bureau; sur ce bureau, des livres, des dictionnaires anglais, des recueils de poésie, un panier à ouvrage, un vase plein de fleurs, et puis une boîte de bonbons. Au mur était attachée une petite bibliothèque; Tancrède l'examina rapidement: c'étaient tous livres dépareillés; il ne put s'empêcher de rire. Sur la cheminée était une petite montre, un chapelet, une bourse légère et un flacon. Tancrède observait tout avec plaisir, et cependant avec une malveillance volontaire.

Je veux la connaître, se disaitil, je veux me désenchanter tout de suite, Clarisse me plaît trop, je ne la quitterai point que je ne l'aime plus.

Et le souvenir de Malvina le fit amèrement soupirer.

Marguerite ayant terminé ses recherches dans l'armoire, retourna dans la chambre de madame Blandais.

Madame Blandais était occupée à relever le feu; Clarisse préparait une petite place sur la cheminée pour poser son frugal souper. La mère avait passé une robe de chambre de couleur sombre; la jeune fille avait changé sa robe de mousseline contre un long peignoir de percaline bleue. Elle était charmante ainsi.

Tancrède la trouvait bien plus jolie dans ce négligé tout à fait en harmonie avec son costume à lui, qui n'était nullement cérémonieux.

V'là du lait, mamzelle, dit Marguerite, et puis du pain.

Ah! c'est bien, mets ça là. En veuxtu, maman?

Non, vraiment, je ne bois de lait, à Paris, que lorsque j'y suis forcée. Quelle différence avec le lait de nos prairies! À Paris, le lait est détestable, il est falsifié.

Non, maman, celuici est excellent, d'abord j'ai faim.

Clarisse goûta le lait, puis elle se leva pour aller chercher du sucre.

Pendant ce temps, l'invisible amoureux, tombant dans ce lieu commun des amours, voulut toucher de ses lèvres la coupe qu'une bouche adorée venait de presser; il prit la tasse de Clarisse; mais, soit distraction, soit réel appétit, il but beaucoup plus de lait qu'il n'avait intention d'en boire; il remit la tasse en tremblant.

Clarisse revint, et voyant sa coupe à moitié vide:

Qu'estce qui a bu mon lait? criatelle comme une pensionnaire.

C'est toi, répondit sa mère en riant.

Moi? j'y ai à peine goûté; j'en suis sûre, quelqu'un a bu mon lait, c'est un mystère; il y a peutêtre un chat ici.

Non, dit madame Blandais, c'est ton être invisible, tu sais?

Sérieusement on a bu mon lait.

C'est toimême, étourdie, je t'ai vue; tu es folle; tu ne penses jamais à ce que tu fais. Allons, dépêchetoi de souper, il est tard, Marguerite a sommeil.

Marguerite dort déjà; je l'ai envoyée se coucher.

Alors Clarisse s'assit auprès du feu, et se mit à tremper du pain dans le peu de lait que Tancrède lui avait laissé.

C'est trèsamusant le grand monde, disait madame Blandais; moi j'aime Paris, le séjour de Paris me convient, c'est dommage que tout y coûte si cher! Saistu que depuis trois mois que nous sommes ici, nous avons déjà dépensé quatre cents francs?

Quatre cents francs! répéta Clarisse avec étonnement, c'est beaucoup.

C'est énorme! c'est la rançon d'un roi! mais cet argent ne sera point perdu, si tu as des succès et si tu te fais connaître; cette soirée a déjà réussi.

Aije bien dit mes vers, maman? demanda Clarisse.

Oui, trèsbien, seulement tu ne parles pas assez fort, dans l'autre salon on ne t'entendait pas.

Ah! tant pis pour ceux qui y étaient! Je ne veux pas crier, moi; et puis j'avais peur; il y avait là des petites femmes trèsméchantes; l'une d'elles s'est moquée de mes souliers noirs, j'ai entendu ce qu'elle disait; une autre a repris, pour m'excuser:

Elle est depuis si peu de temps à Paris!

Elle doit être bonne celle qui a dit cela.

Le comte de D est un bien bel homme, dit madame Blandais.

Oui, mais il ne me plaît pas, j'aime mieux M. de Lamartine. Oh! quelle jolie figure!

Tancrède allait être jaloux quand elle ajouta:

Ah! mais il y avait là un beau jeune homme; l'astu vu?

Non...

Tu ne l'as pas vu? il était bien remarquable cependant, car il avait son chapeau sur sa tête, ce qui m'a paru singulier.

Tu es folle, ma fille, un jeune homme ne se serait pas permis de garder son chapeau dans le salon de madame de D.

Je l'ai vu! peu de moments, à la vérité; mais je l'ai vu avec son chapeau sur sa tête. Peutêtre avaitil demandé la permission de le garder, dit Clarisse en riant, comme ce vieux M. de Livray, qui avait toujours trop chaud, et qui entrait en disant: «Vous permettez, madame?» cela voulait dire qu'il n'ôterait point sa casquette.

Enfant! dit madame Blandais.

Je t'assure, maman, que j'ai vu, chez madame de D, un jeune homme qui avait son chapeau sur sa tête, que ce jeune homme m'a beaucoup regardée, et que jamais de ma vie je n'ai vu de si beaux yeux; il avait un regard, un regard qu'on retient, qu'on emporte, jamais je n'oublierai ces yeuxlà... je les vois toujours.

Tancrède ne put résister à une invincible tentation; il était en face de Clarisse, derrière le fauteuil de madame Blandais, il prit rapidement sa canne dans sa main droite, il fut visible.

Clarisse jeta un cri; mais déjà la canne était revenue dans la main gauche, et Tancrède avait disparu.

Qu'estce que tu as donc, ma fille?

Rien, maman, dit la jeune fille toute tremblante.

Mais, tu es pâle...

Il m'a semblé que je voyais encore...

Qui?

Ce jeune homme.

Tu as des visions aujourd'hui, te voilà comme lorsque tu étais petite; tu nous parlais toujours d'apparitions, de religieuses qui venaient s'asseoir auprès de ton lit. Tu es encore la même: tout à l'heure tu disais qu'on avait bu ton lait, et c'est toi qui l'as bu, et maintenant tu vois des jeunes gens dans ma chambre!

Et madame Blandais leva les yeux au ciel en souriant.

Eh bien! soit, reprit Clarisse gaiement, moi aussi j'ai des... Comment diton cela?

Des visions, des apparitions.

Non, ce n'est pas là le mot à la mode, il est plus long que cela... des hallucinations. Donc, il est décidé que j'ai des hallucinations. Bonsoir, maman.

En disant cela, Clarisse vint embrasser sa mère.

Bonsoir, ma fille, répondit madame Blandais.

Et, poursuivant la plaisanterie.

Si tu trouves ton beau jeune homme dans ta chambre, tu m'appelleras.

Oui, maman.

Et Clarisse alla se coucher.

IV

UN FANTÔME

Voilà deux caractères inventés exprès pour ma canne, pensa Tancrède: une jeune fille rêveuse qui ne sait ce qu'elle fait, qui n'écoute rien, qui ne regarde pas où elle est, qui se croit ellemême étourdie, et qui s'attend à se tromper toujours; une mère assez crédule, accoutumée aux enfantillages de sa fille, qui est même flattée de ses distractions, et qui les considère comme autant de preuves de poésie. Plus cette jeune fille dira de choses extravagantes et incompréhensibles, plus on la croira poëte; c'est au point qu'elle deviendrait folle, qu'on ne s'en apercevrait pas.

Tancrède n'osa suivre Clarisse dans sa chambre, un sentiment de respect le retint; un autre sentiment lui inspira aussi cette délicatesse: il se trouvait trop mal vêtu pour un fantôme, il n'osait risquer une apparition en redingote, il n'était réellement pas assez élégant pour un idéal. D'ailleurs, il aimait déjà trop pour ne pas tenir à lui; on acquiert, à ses propres yeux, une grande importance aussitôt qu'on aime, on ne se risque plus légèrement.

Dès qu'il fut possible de sortir de la maison où demeurait madame Blandais, Tancrède revint chez lui. Le lendemain en s'éveillant, il se souvint de Clarisse, et il s'avoua qu'il s'était attaché à elle, en un jour, comme s'il la connaissait déjà depuis son enfance.

Il l'avait trouvée si gentille, si simple, qu'il avait oublié qu'elle faisait des vers. Ce fut par vanité qu'il se le rappela. Ce rôle d'idéal qu'il se préparait à jouer flattait singulièrement son orgueil et le réconciliait avec sa trop grande beauté, avantage dont il avait tant souffert. En effet, c'était une noble ambition que de se faire l'Apollon d'une si charmante sibylle, que de réaliser de si poétiques chimères, de s'approprier de si beaux rêves, de dominer une imagination si pure; enfin de se faire adorer comme angequand on possédait toutes les qualités d'un mauvais sujet.

Cependant, comme Tancrède était au fond un trèshonnête homme, il ne voulut pas risquer d'être aimé avant de savoir si Clarisse lui plairait assez pour qu'il consentît à enchaîner sa vie à la sienne, et il s'appliqua d'abord à l'observer mystérieusement. Cette observation ne le laissa pas longtemps dans l'incertitude. Chaque fois qu'il voyait Clarisse, il l'aimait davantage; tout ce qu'il découvrait dans son âme de candeur et de poésie le charmait; c'était l'inspiration surprise dans ce qu'elle a de plus sublime; c'était l'amour observé à sa naissance, dans sa pureté première, un amour vague et frais comme un feuillage de printemps; c'était enfin le mélange le plus gracieux, un rêve passionné dans un cœur plein d'innocence, un regard de génie avec un sourire d'enfant.

Cette situation d'observateur invisible avait tant de charmes que Tancrède se plaisait à la prolonger, et pourtant il était déjà bien amoureux; mais la tendresse qu'inspire une jeune fille est plus patiente; on regrette pour elle cette sainte ignorance qu'un jour d'amour doit lui ravir: un adieu est toujours triste, même lorsqu'il conduit au bonheur.

Clarisse était joyeuse sans savoir pourquoi; elle vivait dans une atmosphère d'amour qui l'enivrait. Tancrède invisible était souvent près d'elle; cette présence voilée agissait sur son âme à son insu. Parfois une rapide apparition lui faisait entrevoir le gracieux fantôme; elle souriait, elle s'était accoutumée à ces visions, elle s'y attendait, elle y comptait; si elles lui avaient manqué plusieurs jours, elle aurait été malheureuse.

Sa vie se passait doucement, tantôt à faire des vers brillants de jeunesse et d'espérance, tantôt à courir dans le jardin assez grand de la maison qu'elle habitait; elle chantait souvent, pendant des heures entières, des airs connus, et puis d'autres qu'elle improvisait dans sa joie. Sa mère, qui entendait ses folles roulades, lui demandait alors:

Qui te rend si contente?... Qu'astu donc?

Elle n'avait rien; elle avait seize ans et il faisait beau; cela suffisait bien pour expliquer ce bonheur. Le séduisant fantôme était aussi pour quelque chose dans cette joie; mais Clarisse ne pouvait le savoir, puisqu'elle croyait quo ces apparitions extraordinaires étaient un effet de son imagination.

Quelquefois elle en parlait à sa mère en riant.

Oh! maman, disaitelle, il m'est arrivé hier une chose singulière: comme j'arrangeais mes cheveux devant la glace... tu vas te moquer de moi.

Eh bien?

J'ai vu mon beau jeune homme!...

Dans la glace?...

Oui; je me suis retournée tout de suite, croyant qu'il était derrière moi; mais il n'y avait personne, et pourtant je crois bien avoir entendu rire.

Allons, dit madame Blandais, voilà maintenant que tu veux l'entendre; autrefois tu te contentais de le voir.

Clarisse raconta cette apparition à sa mère; mais en voici une autre qu'elle ne raconta pas.

Tancrède avait reçu une lettre de M. de Balzac, qui annonçait son prochain retour à Paris. Le moment de rendre la canne était venu, il fallait se hâter de profiter de sa puissance.

Un matin que Tancrède était venu voir Clarisse, il l'avait trouvée tout en larmes; c'était bien triste alors d'être invisible; de voir pleurer la femme qu'on aime et de ne pouvoir lui demander ce qui l'afflige, de ne pouvoir la consoler. La pauvre enfant pleura longtemps; puis vint madame Blandais, qui lui dit, d'un ton sévère, de mettre son chapeau et de venir avec elle se promener au JardindesPlantes. La course était longue, et cette promenade ressemblait assez à une punition. Madame Blandais comptait sur les marches forcées pour calmer l'imagination trop exaltée de Clarisse. Il était évident que madame Blandais avait grondé sa fille. Pourquoi? Voilà ce que Tancrède voulait savoir. Il suivit Clarisse et sa mère; il écoutait; mais d'abord elles cheminèrent en silence; enfin madame Blandais prit la parole.

Tu t'en repentiras plus tard, ma fille, toutes tes rêveries ne te mèneront à rien; d'ailleurs, ce jeune homme est trèsaimable; et puisque madame de D s'intéresse à lui, certainement ce doit être un homme distingué. Si tu repousses toutes les occasions, tu ne te marieras jamais; ton invisible ne t'épousera pas, et tu resteras vieille fille. Vrai, mon enfant, tu n'es pas raisonnable de refuser la chance d'un bon mariage pour des rêveries folles. Il est de mon devoir de t'éclairer; je t'ai pardonné quand tu as refusé un homme plus âgé que toi; mais cette fois je serai plus sévère.

Ah! c'est cela, pensa Tancrède; pauvre petite! on la tourmente, il faut lui donner raison.

Tancrède accompagna Clarisse jusqu'au JardindesPlantes, puis, la livrant aux animaux féroces, il revint chez lui écrire à sa mère ses doux projets de mariage. Le soir, il retourna auprès de Clarisse; elle s'était retirée de bonne heure; fatiguée de sa longue promenade, elle dormait profondément. Tancrède pénétra dans sa chambre en ouvrant la porte le plus doucement possible.

Clarisse n'entendit rien: à cet âge, le sommeil est une léthargie.

Tancrède fut étonné de trouver Clarisse déjà couchée et endormie; il s'approcha de son lit doucement, il entendit cette respiration égale, qui prouve un sommeil réel, si profond, qu'il ne permet pas à un rêve de voltiger, à un souvenir de survivre.

Qu'elle dort bien! pensa Tancrède.

Et ce sommeil, qui lui faisait envie, lui inspira beaucoup de respect.

C'est bien là le sommeil d'une pauvre jeune fille qui a pleuré, se disaitil; elle doit être bien lasse, une si longue course dans Paris! Elles n'ont pas osé aller en voiture par économie, et Clarisse a préféré revenir à pied plutôt que de se hasarder dans une voiture publique; j'aime ça et lui sais bon gré de ce petit orgueil. Clarisse est d'une nature trop élégante pour sa condition. Quel bonheur d'être riche et de pouvoir lui donner, dans le monde, la position qu'elle mérite. Ô ma jolie Clarisse, que je t'aime!

En disant ces mots, Tancrède se pencha vers le lit et imprima sur les joues roses de Clarisse un chaste baiser.Clarisse ne s'éveilla point. Tancrède, que ce baiser avait troublé, en risqua un plus tendre.

Clarisse ne s'éveilla point. Alors Tancrède se prit à rire, et il s'assit sur un fauteuil au pied du lit et il la regarda dormir.

Il resta quelques moments en contemplation devant cette douce image, et tout son avenir lui apparut: il se figura les jours heureux qu'il passerait auprès de Clarisse, le plaisir qu'il aurait à l'emmener avec lui, à la présenter à sa mère; il était bien certain que madame Dorimont aimerait Clarisse: cette jeune fille devait lui plaire par son esprit, la délicatesse de ses sentiments.

Il songea à ce prétendu dont on menaçait Clarisse; il se demanda pourquoi madame de D voulait la marier; il fit d'amères réflexions sur la manie des grandes dames, qui veulent toujours protéger, sans se rappeler, l'ingrat! qu'il devait à cette manie le plaisir d'avoir vu Clarisse; il s'amusa de l'idée que cette jeune fille refusait un vrai mariage pour lui qu'elle ne connaissait pas, qu'elle aimait en rêve; il trouva ce succès trèsflatteur.

Il pensa que c'était pour lui un bien heureux hasard que cette rencontre avec M. de Balzac, à laquelle il devait sa fortune et son bonheur; il remercia dans son âme M. de Balzac, qui lui avait prêté sa canne. Il acheta en idée une jolie maison de campagne près de Blois, et y fit préparer, pour son illustre ami, un bel appartement que lui seul aurait le droit d'habiter. Il se souvint aussi de M. Nantua, des secours qu'il avait trouvés en lui, de la brillante fortune qu'il lui devait; il prépara aussi en idée un petit appartement, dans sa maison de campagne, pour M. Nantua. Et puis il pensa au plaisir d'avoir une jolie femme à lui tout seul, une jeune fille bien ignorante et bien naïve, que l'amour effarouche et qu'un mot fait rougir; un jeune cœur tout frais qui n'a jamais aimé, dont vous avez la première émotion, la première joie...

Et comme toutes ces idées sont fort douces, elles le bercèrent mollement... Par degrés, sa promenade du matinle silencele demijourla sympathie du sommeilla pureté de ses sentiments, peutêtre, agirent sur ses sens, et, malgré lui, entraîné par l'exemple, il finit par s'endormir à son tour.

Sa tête se pencha lentement sur le lit, elle y resta appuyée; et la canne, qu'une main endormie ne soutenait plus, glissa bientôt sur le tapis.

Quand le jour parut, Clarisse entr'ouvrit les yeux...

Quel fut son étonnement, son effroi, en apercevant en face d'elle un homme endormi au pied de son lit!... Elle eut tellement peur qu'elle ne put crier; elle resta un moment saisie et stupéfaite; enfin, retrouvant la voix:

Maman! s'écriatelle.

Tancrède se réveilla en sursaut. Il fut quelques instants luimême avant de se rappeler où il était; il regardait la jeune fille; et les yeux de Clarisse, fixés sur lui avec effroi, le déconcertaient...

Je ne suis donc plus invisible? pensaitil.

Alors il se ressouvint de la canne, et la voyant tombée à ses pieds, il comprit comment il s'était trahi.

Il en éprouva d'abord un vif chagrin, songeant à M. de Balzac et au secret qu'il avait promis de garder; mais bientôt, se rappelant le caractère crédule de Clarisse, il se rassura. Il ramassa la canne adroitement, et cessa d'être visible.

Les yeux de Clarisse étaient toujours attachés sur lui; mais comme elle ne le voyait plus, son regard n'était plus le même: chose étrange! elle avait peur quand il était làet maintenant elle était triste parce qu'il n'y était plus.

Elle resta longtemps à réfléchir, et, ne voyant personne dans sa chambre, remarquant que la porte était bien fermée, elle se persuada qu'elle n'avait rien vu.

Quel singulier rêve! ditelle tout haut en soupirant.

Et puis elle se remit de nouveau sur son oreiller, peutêtre dans l'espoir de continuer ce rêve.

Tancrède l'aima de cette crédulité.

Elle va trouver cette apparition toute naturelle, se disaitil; elle aime bien mieux croire qu'elle perd l'esprit que d'imaginer qu'un homme amoureux d'elle veuille la séduire.

Et voilà pourquoi les âmes supérieures sont si faciles à tromper, c'est que les choses les plus extraordinaires, les fascinations, les phénomènes, les miracles, tout enfin leur paraît plus probable qu'une méchante action.

Tancrède retourna chez lui en riant de cette nuit d'amour passée si paisiblement; d'abord il se regarda comme un niais qui n'avait pas su profiter d'une aussi bonne occasion; ensuite il se jugea comme un honnête homme qui aurait rougi d'abuser de l'innocence d'une jeune fille; mais enfin, comme il avait l'esprit juste, il s'avoua qu'il n'était qu'un égoïste, qui respectait déjà, dans la pureté de Clarisse, la réputation de sa femme.

Clarisse passa la journée assez gaiement, mais avec une grande émotion au fond du cœur, cette agitation vague et brûlante qui a tant de charmes! Elle se dit qu'elle avait eu une vision, un sommeil agité, suite de la fatigue qu'une course trop longue lui avait causée.

J'avais la fièvre, sans doute, une fièvre de courbature. Elle n'y pensa plus.

Mais quand le soir vint, elle se sentit plus craintive: un instinct l'avertissait de se défier. Elle n'osa se mettre au lit.

Je n'ai pas sommeil, je vais lire... non, je vais copier ces vers de madame Valmore, l'Ange gardien, que j'aime tant.

Elle s'assit devant sa table, mais au moindre bruit elle levait les yeux, elle tremblait.

S'il allait venir? pensaitelle.

Tout à coup elle s'imagina qu'il y avait une porte secrète dans sa chambre; elle prit un flambeau et se mit à faire des perquisitions; sa chambre était si petite qu'elle l'eut bientôt passée en revueni porte secrèteni trappeil n'y avait pas moyen de placer la moindre aventure fantastique dans cette bourgeoise demeure. Clarisse fut honteuse de ses recherches; elle pensa à toutes les plaisanteries que ferait sa mère si elle la surprenait ainsi courant, au milieu de la nuit, après un fantôme. Elle se remit à écrire, et elle resta toute la nuit sans se déshabiller, sans dormir; elle se disait toujours qu'elle n'avait rien à craindre, mais elle agissait comme si elle était en danger.

Tancrède vint la voir le matin; il la trouva trèspâle, et, s'apercevant qu'elle ne s'était point couchée de toute la nuit, il se reprocha de lui avoir causé tant d'inquiétude; il cherchait un moyen de la rassurer.

Pauvre petite! estce qu'elle va passer toutes les nuits ainsi? elle se rendra malade, pensa Tancrède.

Alors l'idée la plus étrange lui tomba dans l'esprit: pendant que Clarisse était auprès de sa mère, Tancrède prit la plume qu'elle venait de quitter, et, à la suite du paragraphe à demi copié... il écrivit ces mots:

Je ne viendrai pas demain.

Tancrède.

V

UN JOUR D'INSPIRATION

Je ne viendrai pas demain. Mais il est donc venu tous les jours! il doit donc revenir encore! Quel mystère! Mon Dieu! que doisje penser?

Clarisse resta des heures entières à regarder cette écriture; sa tête se perdait en suppositions; ses idées se brouillaient, c'était un dédale de conjectures à n'en plus finir.

D'abord ce nom de Tancrède l'inquiéta.

On veut se moquer de moi, de mon caractère romanesque, pensatelle, et l'on a choisi ce nom de tragédie pour me faire sentir que c'est un ridicule que de faire des vers.

Ensuite elle s'accoutuma à ce nom, elle finit même par l'aimer; elle se rappela l'air noble, les doux regards de celui qui le portait; elle se dit qu'un être si parfaitement beau ne pouvait être méchant, et se jouer lâchement d'une jeune fille innocente et sans protecteur.

Elle se rassura; et dès qu'elle fut rassurée... elle aima passionnément. Le doute effacé, il y eut une réaction de confiance; elle s'y abandonna avec naïveté.

Oui, disaitelle, je crois en lui, c'est quelqu'un qui m'aime, il ne veut point me tromper; il viendra, je lui donne ma vie, jamais je n'aimerai que lui. Tant mieux s'il me voit, tant mieux s'il m'entend, il saura toute ma pensée, il saura que je n'espère qu'en lui, que je l'aime comme l'ange gardien qui veille sur mes jours; désormais je ne parlerai, je n'agirai que pour lui plaire, je ne ferai rien qui puisse l'affliger Ah! quel bonheur s'il m'accompagne toujours! il verra comme je l'aime, il m'aimera... Je savais bien que mes rêves s'accompliraient!

Tout en pensant ainsi, Clarisse s'enflammait des sentiments les plus poétiques; malgré elle ses émotions se formulaient en vers harmonieux; ce souvenir de l'ange gardien qui présidait à ses beaux jours l'inspira; elle passa toute la nuit à travailler, c'estàdire à soulager son âme par l'expression naïve de ses sentiments.Et le lendemain, lorsque Tancrède, invisible, revint près d'elle, il la trouva aux prises avec la Muse; il vit que le moyen qu'il avait employé pour calmer son imagination n'avait servi qu'à l'exalter encore. Cela devait être, aussi ne futil pas trèsétonné; n'importe, il se félicita de cette folle idée: l'agitation de la crainte avait fait place à celle de l'inspiration et cela valait beaucoup mieux.

On a fabriqué des ruches en cristal, à travers lesquelles on voit les abeilles travailler: on devrait faire les chambres des poëtes transparentes pour les observer dans l'inspiration. Quel beau spectacle que celui d'une riche pensée qui s'éveille! Tancrède, grâce à son invisibilité, avait été à même d'observer la femme aux prises avec la passion, en proie à ses souvenirs d'amour; et maintenant il observe la jeune fille aux prises avec son génie, en proie à ses involontaires désirs, à ses pures espérances d'amour.

Que Clarisse lui parut charmante ainsi! que ses yeux étaient beaux, parés de leur génie! Ses blonds cheveux descendaient en vagues d'or sur ses blanches épaules; son teint était éblouissant d'éclat; sa bouche était inspirée; son sourire était rayonnant. Tancrède la contemplait avec ravissement. Alors ils avaient changé de rôle: ce n'est plus lui, c'est elle maintenant qui semble un être idéal; c'est elle qui est l'apparition céleste, l'image divine qui fascine les regards.

Tancrède, ébloui, transporté, croyait voir l'ange de la poésie; il cherchait déjà ses blanches ailes; Clarisse lui parut idéal, sublime, si belle, qu'il cessa de l'aimer un moment... il l'admira!

Mais elle dit ces vers qu'elle venait de finir. Ces vers étaient pour lui, et, quand il comprit que son amour les avait inspirés, il lui pardonna d'avoir eu le talent de les faire.

MON ANGE GARDIEN.

Comme l'être immortel que chante Marceline,
Son front n'est point orné de rayons éclatants;
Il n'a point la fraîcheur et la grâce enfantine
Des roses du printemps.

Son voile n'est pas d'or, sa robe n'est pas blanche
Comme le nénuphar, ami des flots déserts;
Sur mon cœur, tout à lui, jamais il ne se penche
En répétant mes vers.

Jamais je n'entendis sa voix lente et sonore,
Me murmurer bien bas ces mots doux et confus,
Langage harmonieux que l'on écoute encore
Quand on ne l'entend plus.

Jamais, jamais sa main n'a tremblé dans la mienne!...
Un seul jour ses yeux noirs ont rencontré mes yeux...
Il tient pourtant ma vie enchaînée à la sienne,
Comme la terre aux cieux!

À l'heure poétique où le jour qui décline
Étend un voile rouge aux bords de l'horizon,
Quand l'oiseau qui chantait joyeux sur la colline
S'endort dans le buisson,

Mon Ange m'apparaît!... Mais, comme dans un rêve,
Ses traits sont recouverts d'une blanche vapeur;
Il me semble qu'alors dans ses bras il m'enlève,
Et quelquefois j'ai peur.

Et je passe ma main sur ma tête brûlante!
Ma voix d'émotion devient toute tremblante,
Et je dis à mon Ange: «Oh! parle! parlemoi!...
S'il ne faut que mourir pour être ton amie,
Va! tu peux à ton gré disposer de ma vie,
Car ma vie est à toi!...

»Mais, hélas! je ne suis qu'un enfant de la terre!
Et toi, dont l'existence est un divin mystère,

Toi, que la brise endort dans un palais d'azur,
Pourrastu bien m'aimer?... Oh! j'en ai l'espérance
Fils des cieux, mon amour parfumé d'innocence
Doit plaire à ton cœur pur!...

»Sans toi j'aurais passé solitaire, incomprise,
Dans ce vallon de pleurs où le poëte brise
Son âme à chaque pas; vers l'immortel séjour,
Souvent j'aurais tourné mes yeux pleins de tristesse,
Et j'aurais vu pâlir les fleurs de ma jeunesse
Avant la fin du jour...

»Sois béni!... Mais pour fuir aux sphères éternelles,
Déploieraistu déjà tes transparentes ailes?

Ton absence est un mal qui me fait tant souffrir!
Oh! donnemoi la main, montons au ciel ensemble!...»
Rapide il disparaît..., puis, alors, il me semble
Que mon cœur va mourir!...

Mais je sens tout à coup pénétrer dans mon âme
Un souvenir plus doux que la voix d'une femme;
Car mon Ange m'a dit: «Un jour tu me verras!
Quand les nobles enfants de la sainte harmonie
Poseront sur ton front les palmes du génie,
Je t'ouvrirai mes bras...»

Il ne m'abuse point? Non! je crois sa parole,
Comme je crois des cieux le sublime symbole!
Il sait bien qu'icibas il est mon seul appui.
Du livre de ma vie il a lu chaque page;
Il sait que mon cœur, pur comme le lis sauvage,
N'a battu que pour lui!

Oh! vous qui souriez à ce mystère étrange,
Ne me demandez pas le doux nom de mon Ange,
C'est un secret... Mon cœur, plus calme désormais,
Ne le dira qu'à Dieu... mais la foule moqueuse,
La foule qui se rit de toute âme rêveuse,
Ne le saura jamais!

VI

UNE ILLUSION DÉTRUITE

Après les heures d'inspiration viennent les jours d'abattement; la raison reparaît à mesure que les douces images s'évanouissent.

La pauvre Clarisse recommença à s'inquiéter.

Ou c'est quelqu'un qui a gagné Marguerite et qui s'amuse à m'épouvanter pour se moquer de moi, se disaitelle, et cela me fait peur; ou c'est mon imagination qui est malade, alors je deviens folle, et c'est affreux!

Cette idée la tourmentait, elle n'osait dire tout ce qu'elle éprouvait à sa mère, dans la crainte de l'inquiéter à son tour; mais on ne la voyait plus rire, sa pauvre âme était toute troublée; elle devenait pâle, son beau teint s'attristait.

Madame Blandais, attribuant cette mélancolie au projet de mariage qu'elle avait favorisé, n'osait plus en parler; mais Tancrède, qui en savait la cause, eut pitié d'elle; luimême s'effraya de l'exaltation qu'il avait fait naître; il se reprocha d'avoir joué avec une imagination trop ardente, et pour détruire l'effet trop dangereux d'un rêve, il appela la réalité à son secours.

Un matin donc il fit louer une loge au ThéâtreFrançais, et envoya un coupon de cette loge à madame Blandais, de la part de madame la comtesse de D

Clarisse voulut questionner le domestique qui avait apporté cette loge, il était déjà reparti. Elle s'étonna que madame de D ne lui eût pas écrit un mot, mais elle pensa qu'elle avait probablement chargé son domestique d'une explication qu'il avait oubliéeet la mère et la fille se rendirent au ThéâtreFrançais, croyant qu'elles y allaient dans la loge de madame de D.

La comtesse n'est pas encore arrivée? demanda madame Blandais à l'ouvreuse.

L'ouvreuse, qui ne savait de qui on voulait parler, répondit:

Il n'est encore venu personne.

Il est de bonne heure, dit Clarisse, madame de D connaît sans doute cette pièce, elle viendra tard.

On donnait Angeloun drame de Victor Hugo! joué par mademoiselle Mars et madame Dorval!

C'était un choix merveilleux pour une jeune fille de province qui n'était jamais allée au spectacle.

Eh bien! Clarisse n'écouta pas un mot de l'ouvrage.

Elle oublia qu'il était de Victor Hugo.

Elle ne vit ni mademoiselle Mars ni madame Dorval.

Elle ne vit rien sur la scène, elle ne vit rien dans la salle.

Rien... qu'un fantôme, un être fantastique dont l'aspect la saisit d'épouvante, un inconnu qu'elle reconnaissait, un grand jeune homme au front pâle et mélancolique, aux yeux noirs et brillants, qui se tenait debout à l'entrée du balcon et qui la regardait attentivement.

Le même qu'elle avait aperçu chez madame de D.

Le même qu'elle avait vu un soir dans la chambre de sa mère!...

Le même qu'elle avait entrevu un jour dans sa glace!...

Le même qu'elle avait vu dormir au pied de son lit!...

Le même! ô surprise! ô bonheur! peutêtre.

À cette vue, elle resta immobile, anéantie; Elle fut si troublée qu'elle eut peur de se trouver mal. Les sentiments les plus divers l'agitèrent. D'abord, elle éprouva une grande joie de découvrir que celui qu'elle aimait en rêve existait réellement; et puis un sentiment de crainte l'attrista: il y a toujours quelque chose d'amer dans la vérité; en voyant son être idéal parlant, souriant comme un monsieur, elle se défia de lui.

Oui, c'est quelque jeune fat qui s'est moqué de moi, pensatelle.

Et un doute affreux lui saisit le cœur. Elle retomba dans son découragement, et des larmes coulèrent sur ses joues sans qu'elle songeât à les essuyer.

Madame Blandais, tout occupée d'Angelo, ne remarqua point l'émotion de sa fille, que d'ailleurs elle eût attribuée aux malheurs de Catarina.

Clarisse resta quelques moments absorbée par la plus pesante rêverie. Lorsqu'elle releva les yeux, elle s'aperçut qu'il la lorgnait, lui, le bel inconnu, l'idéal défloré; car elle éprouvait le contraire de ce qui afflige ordinairement: c'est la réalité qu'on regrette: «Ce que je croyais exister n'était qu'une vaine illusion...» mais elle, c'est l'illusion qu'elle regrettait; elle pleurait son fantôme si cher, elle craignait que la vérité ne lui ôtât tout son prestige, elle avait peur de ne plus l'aimer.

Pendant l'entr'acte, cherchant à se calmer, elle voulut triompher de son émotion et fixer ses yeux sur lui à son tour, mais elle le vit quitter la place où il était et sortir de la salle.

Un instinct inexplicable l'avertit qu'il allait venir lui parler, et lorsqu'elle entendit la porte de la loge s'ouvrir, elle éprouva un battement de cœur violent.

Elle sentait que c'était lui!

C'était lui!

Clarisse n'osait le regarder; elle tremblait.

Pardon, Mesdames, ditil en entrant dans la loge, madame de D n'est pas encore arrivée?

Non, monsieur, reprit madame Blandais, cela m'étonne.

Peutêtre ne viendratelle pas, continua Tancrède de l'air le plus naturel. Je l'ai vue ce matin, elle a plusieurs personnes à dîner chez elle aujourd'hui, elle ne sera sans doute libre que fort tard.

Et Tancrède s'établit dans la loge comme si madame de D lui avait dit de l'y attendre; et, pour mieux expliquer sa présence, il parla d'elle comme s'il la connaissait intimement.

Madame Blandais soutenait la conversation. Clarisse ne disait rien, elle écoutait parler Tancrède, sa voix lui plaisait tant! son accent avait quelque chose de doux et de loyal qui la rassurait.

Madame de D est une femme charmante! disait madame Blandais; si belle, si gracieuse!

Elle est ravissante, reprenait Tancrède avec enthousiasme, pleine d'esprit, d'instruction; c'est une personne trèsdistinguée.

Tout cela ne l'amusait à dire que parce qu'il n'en savait rien; il n'avait jamais vu madame de D que le jour où il était allé en fraude chez elle; il pouvait la trouver belle, puisqu'il l'avait vue, mais il ne pouvait louer son esprit qu'au hasard.

Il allait continuer et inventer encore d'autres qualités à madame de D, lorsqu'il jeta les yeux sur Clarisse; l'expression pénible de son visage l'arrêta, il comprit le sentiment de jalousie qui l'avait fait soudain pâlir; et, pour détruire le fâcheux effet des éloges qu'il prodiguait à madame de D, il ajouta:

Malheureusement, nous allons bientôt la perdre, elle retourne en Italie dans huit jours.

Ces mots furent magiques; les joues de Clarisse devinrent roses de plaisir, un sourire involontaire éclaira ses traits.

C'est une mauvaise nouvelle que vous donnez à ma fille, dit madame Blandais, qui n'avait pas suivi ce drame muet; madame de D est sa seule protectrice à Paris, son absence nous fera grand tort.

Mademoiselle votre fille peut se passer de protectrice maintenant, dit Tancrède d'un ton que Clarisse seule devait comprendre.

Puis il ajouta pour madame Blandais:

Son talent est déjà célèbre.

N'importe, dit madame Blandais, je regrette madame de D, il est bien malheureux pour nous qu'elle parte!

Vous vous passerez d'elle, croyezmoi, reprit Tancrède.

Et s'adressant à Clarisse:

N'estce pas, mademoiselle, que maintenant vous n'avez plus besoin de personne?

Il dit ces mots si tendrement, que Clarisse rougit; elle baissa les yeux et ne répondit rien.

Parle donc, ma fille, dit madame Blandais; tu es enfant ce soir, on ne peut t'arracher un mot.Clarisse n'est jamais allée au spectacle de sa vie, monsieur, continua madame Blandais, il n'est pas étonnant qu'elle soit si troublée de se trouver ici; elle n'est pourtant pas timide; vous étiez peutêtre chez madame de D, le soir où Clarisse y a dit des vers?

Sans doute, j'y étais, répondit Tancrède, et jamais je n'oublierai ce jourlà: ce fut pour moi une soirée d'émotions et d'aventures; nonseulement j'ai eu le plaisir d'entendre les beaux vers de mademoiselle et ceux de Lamartine, mais encore je me suis bien amusé. J'avais parié avec un de mes amis, que je garderais mon chapeau sur ma tête tout le temps que Lamartine dirait des vers et que personne ne s'en apercevrait.

En écoutant ce récit, madame Blandais et sa fille se regardèrent.

Et j'ai gagné mon pari!

Vous l'avez perdu! dit vivement Clarisse.

Et puis elle fut trèsconfuse d'avoir dit cela.

Ma fille a raison, reprit madame Blandais; car je me rappelle que ce soirlà, en rentrant, ellemême m'a parlé, avec étonnement, d'un jeune homme qu'elle avait remarqué parce qu'il avait gardé son chapeau; alors je lui ai dit que c'était impossible et qu'elle déraisonnait.

Eh bien, c'était exact; vous le voyez, les choses les plus extraordinaires finissent toujours par s'expliquer.

Ces mots, qui s'adressaient encore à Clarisse, la firent rougir une seconde fois.

La toile se leva, le second acte commença; madame Blandais se tourna du côté du théâtre, et ne songea plus qu'à la pièce et aux acteurs.

Clarisse voulait écouter, elle ne le pouvait pas; tantôt elle regardait sans voir, tantôt elle baissait la tête, et restait plongée dans ses rêveries, accablée par une profonde émotion.

Tancrède, remarquant sa préoccupation, lui dit en souriant:

Vous n'aimez donc pas le spectacle, Mademoiselle? c'est pourtant mademoiselle Mars qui joue là.

Ah! c'est mademoiselle Mars, ditelle.

Oui, c'est elle qui joue le rôle de Thisbé. Voyez, je ne vous trompe pas.

Et Tancrède montrait un petit journal qu'il tenait à la main, où le nom des acteurs était indiqué.

Clarisse se retourna pour lire la page qu'il lui présentait: mais elle se trouva si près de lui, qu'elle hésita...

Elle osa pourtant le regarder.Oh! comme alors elle fut troublée!... elle le voyait, lui, qu'elle n'avait jamais aperçu qu'en rêve!... Il était là, il lui parlait, il avouait sa présence... que ce moment était plein de délices!

En la voyant si belle et si émue, il oublia le rôle qu'il jouait.

Clarisse, ditil avec la plus tendre émotion, me reconnaissezvous?

Elle le regarda tout étonnée...

J'ai peur d'être folle, ditelle

C'est un homme affreux! s'écria madame Blandais, que les procédés du tyran de Padoue envers sa femme révoltaient.

Et l'on ne s'occupa plus que d'Angelo.

VII

UN RÊVE RÉALISÉ

Quand le spectacle fut terminé:

Puisque madame de D vous abandonne, dit Tancrède, permettezmoi, mesdames, de vous accompagner.

Madame Blandais accepta le bras de Tancrède, avec d'autant plus de confiance qu'elle le croyait un ami intime de cette même madame de D, devenue un personnage fantastique.

Tancrède reconduisit, dans sa voiture madame Blandais et sa fille jusque chez elles.

Arrivé là, il fit semblant de les quitter; mais il prit sa canne de la main gauche, et rentra chez elles invisible, pour savoir ce qu'elles allaient dire de lui.

Eh bien! tu avais raison, mon enfant, dit madame Blandais en entrant dans sa chambre, ce jeune homme était chez madame de D.

Ah! maman, si tu savais!... s'écria Clarisse.

Mais elle n'acheva pas.

En face d'elle, elle avait aperçu Tancrède qui lui faisait signe de se taire.

Elle fut déconcertée.

Madame Blandais, remarquant son agitation, voulut la calmer et dit adroitement:

Il est fort beau, ce jeune homme, mais je le crois fort bête; je ne serais pas étonnée qu'il ne fût aimable que comme fantôme.Qu'en pensestu, toi?

Je lui crois, au contraire, beaucoup d'esprit, répondit Clarisse.

Et puis elle se mit à rire, parce qu'elle pensait que Tancrède était peutêtre encore là et qu'il pouvait avoir entendu ce qu'avait dit sa mère.

Cependant cette présence mystérieuse l'inquiétait. Elle n'osait s'éloigner, et ce ne fut que lorsque madame Blandais lui dit: «Va te reposer, mon enfant, tu as l'air souffrant, le spectacle t'a fait mal»que Clarisse se décida à se retirer chez elle.

Elle embrassa sa mère plus tendrement que jamais, et s'éloigna.

Elle marchait pensive et lentement; mais, en entrant dans sa chambre, quelle fut sa surprise, son effroi, en apercevant Tancrède assis devant son bureau! Il avait l'air parfaitement tranquille; il était établi là comme un frère qui attend sa sœur, un mari qui attend sa femme.

Le premier mouvement de Clarisse fut de s'enfuir et de retourner auprès de sa mère; mais un regard de Tancrède la retint.

Ne craignez rien, ditil d'un ton doucement respectueux; venez, Clarisse, j'ai à vous parler.

Clarisse restait immobile.

Venez donc, enfant, avezvous peur de moi? depuis le temps que je viens ici tous les jours, vous devriez avoir plus de confiance; pourquoi cette crainte? je ne la mérite pas.

L'accent de reproche dont Tancrède dit ces mots affligea la jeune fille. Elle fit quelques pas vers lui, puis elle s'arrêta.

Tancrède fut blessé de tant de défiance.

Vous ne me comprenez pas, ditil avec tristesse. Adieu!

Et il prit la canne de sa main gauche.

Clarisse ne le voyant plus, enhardie par le regret et l'absence, s'élança vers la place qu'il était censé avoir quittée, et elle se trouva près de lui.

Quel prodige! ditelle... Oh! que j'ai peur!

Rassurezvous, Clarisse, dit Tancrède redevenu visible, je vous expliquerai un jour ce mystère; maintenant, je ne veux m'occuper que de notre bonheur. Ditesmoi, soyez franche: Voulezvous être ma femme?

Moi, monsieur? ditelle avec embarras; mais... je ne vous connais pas...

Clarisse, vous ne dites pas vrai... c'est mal: me voyezvous donc aujourd'hui pour la première fois? méconnaissezvous votre ange gardien! ajoutatil en souriant.

Oh! non, ditelle, c'est bien vous!

N'estce pas, c'est bien moi que vous aimez?

Oui, mais pourtant je ne vous connais pas; ditesmoi qui vous êtes, par quel mystère?...

Ne m'interrogez pas, je ne puis vous répondre encore; demain, Clarisse, je viendrai parler à votre mère; elle saura que je vous aime, que je veux vous épouser; mais ne lui dites rien de nous, tout ceci est un secret qu'elle doit ignorer.

Mais si elle me demande où je vous ai vu?

Dans vos rêves; d'ailleurs ne m'avezvous pas déjà rencontré chez madame de D? À propos, et ce jeune homme à qui elle voulait vous marier?

C'était vous? s'écria Clarisse.

Moi? non. Vous ne le connaissez donc pas?

Je ne l'ai jamais vu, je n'ai pas voulu aller chez madame de D le jour où il y était.

Fort bien, reprit Tancrède en riant, je dirai à votre mère que c'était moi.

Mais, à moi, vous m'expliquerez la vérité?

Cela m'est impossible. Ne me demandez pas un secret qui n'est pas le mien, c'est celui d'un de mes amis; je ne suis pas libre de le confier, même à vous; je dois me taire.

Je devine, s'écria Clarisse vivement; cet ami est le propriétaire de notre maison. Je me rappelle l'avoir vu sourire l'autre jour, quand je l'ai rencontré dans le jardin; c'est lui qui nous a trahies; il vous a donné toutes les clefs de notre appartement pour pénétrer chez nous!

Tancrède se mit à rire de cette idée, et, comme Clarisse l'avait adoptée, il la lui laissa. Les personnes qui ont de l'imagination agissent toujours ainsi; elles fournissent aux autres l'idée qui doit les tromper.

Cependant les doubles clefs n'expliquaient pas ces apparitions et ces disparitions subites qui effrayaient tant Clarisse; elle insista encore... Tancrède allait se fâcher.

Vous ne m'aimez pas, ditil, l'amour n'exige pas tant d'explications...

Eh bien, ditesmoi seulement, estce que vous serez toujours là sans que je le sache?

Ah! vous avez déjà peur, madame, reprit Tancrède en plaisantant.

Ce n'est pas cela, mais j'aime mieux vous voir.

Et Clarisse, en parlant ainsi, attachait sur lui ses beaux yeux avec tant de plaisir, que cela donnait beaucoup de vérité à ses paroles.

Qu'elle était belle alors! Tancrède, qui affectait une froideur pleine de dignité, ne put résister à ce regard. Il attira Clarisse près de lui et l'embrassa bien tendrement.

C'est étrange, ditelle; il me semble... un jour... j'ai rêvé...

Et puis elle lui demanda naïvement:

Estce la première fois que...?

Que je vous embrasse! non; mais ne m'interrogez pas. Bonsoir, reposezvous... dormez bien, vous ne rêverez pas... dormez, à demain! Adieu, Clarisse, adieu, ma femme.

Et il s'éloigna bien vite, car il avait peur de lui.

Clarisse vit sortir Tancrède par la porte comme un être réel, non plus comme un fantôme. Ses yeux le suivirent avec amour.

Dès qu'elle fut seule, elle se mit à sauter de joie comme un enfant.

Tout cela est donc vrai? s'écriatelle.

Et la joie enivrait son cœur.

Avant de se coucher, elle regarda encore autour d'elle, dans la chambre, pour voir s'il était tout à fait parti... mais réellement il n'était plus là.

Un mois après il y revintnon plus comme un être invisible, mais comme un mari adoré qu'elle devait voir auprès d'elle toujours.

Madame Blandais fut éblouie de ce brillant mariage, qu'elle attribua au talent de sa fille, et qui n'était dû qu'à la merveilleuse canne de M. de Balzac.

La célébrité n'avait fait valoir que le génie naissant de Clarisse; la canne bienfaisante avait fait connaître la pureté de sa vie, la simplicité de son cœur, le charme de son caractère.La canne, bien au contraire, avait réparé le tort que la célébrité lui avait faitelle avait appris à Tancrède que les âmes qui se conservent pures dans le monde, sont celles qui vivent d'illusions; et que, si la célébrité est un flambeau qui jette trop d'éclat sur la vie, la poésie du moins est un saint voile qui couvre et préserve le cœur. Bienheureux, ceux qui sont poëtes! bien malheureux qui ne l'est plus!

Tancrède emmena sa jeune femme à Blois, chez sa mère. Clarisse quitta Paris sans regrets; elle oublia les succès qu'elle y pouvait obtenir; ses vœux avaient été comblés au delà de ses espérances. À Paris, elle n'était venue chercher que la gloire... elle y avait trouvé le bonheur.

Qu'est devenue la canne? diraton.

vous allez le savoir:

Elle est retournée aux mains de M. de Balzac, et...

les héritiers boirouge

vont paraîtrc!!

FIN